LE NOUVEL AN CHINOIS DE RUBY

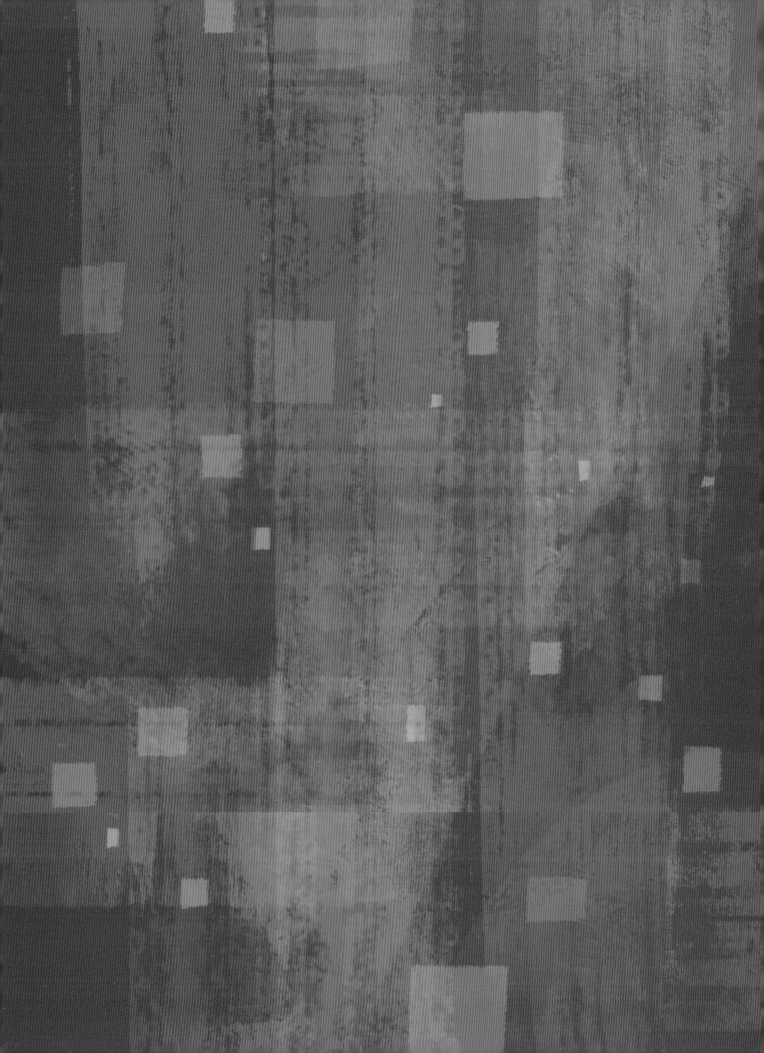

LE NOUVEL AN CHINOIS DE RUBY

VICKIE LEE

Illustrations de
JOEY CHOU
Texte français de
ISABELLE MONTAGNIER

SCHOLASTIC

Catalogage avant publication de Bibliothèque et Archives Canada

Lee, Vickie
[Ruby's Chinese New Year. Français]
    Le Nouvel An chinois de Ruby / Vickie Lee ; illustrations de Joey Chou ;
texte français d'Isabelle Montagnier.

Traduction de: Ruby's Chinese New Year.
ISBN 978-1-4431-7347-6 (couverture souple)

    I. Chou, Joey, illustrateur II. Titre. III. Titre: Ruby's Chinese New Year. Français.

PZ23.L438Nou 2019   j813'.6   C2018-903833-0

Édition publiée par les Éditions Scholastic, 604, rue King Ouest, Toronto (Ontario) M5V 1E1.

5 4 3 2 1   Imprimé en Malaisie 108   19 20 21 22 23

Conception graphique : April Ward et Sophie Erb
Les illustrations de ce livre ont été peintes à l'ordinateur
à l'aide d'Adobe Photoshop.

À ma *Nai Nai*, Shu Jane Lee (李淑貞),
et à ma Ruby Jane
— V. L.

Pour ma maman, Julia, et chaque Nouvel An chinois
que nous avons célébré ensemble
— J. C.

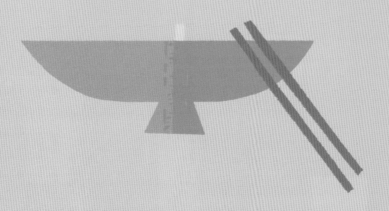

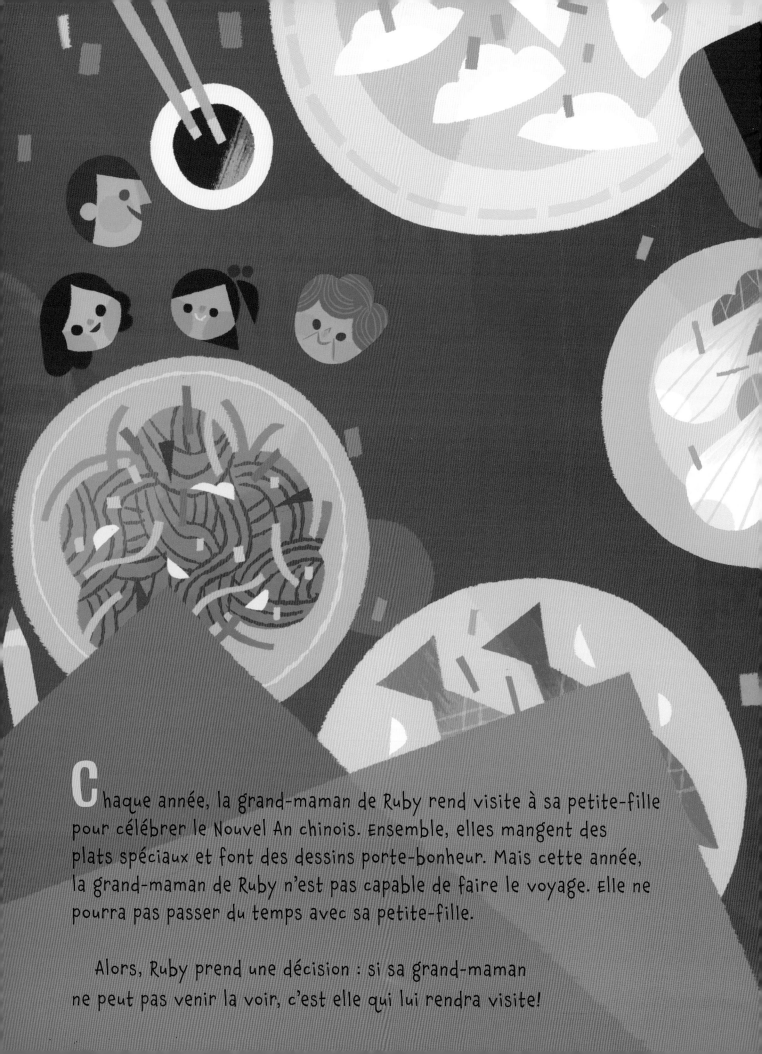

Chaque année, la grand-maman de Ruby rend visite à sa petite-fille pour célébrer le Nouvel An chinois. Ensemble, elles mangent des plats spéciaux et font des dessins porte-bonheur. Mais cette année, la grand-maman de Ruby n'est pas capable de faire le voyage. Elle ne pourra pas passer du temps avec sa petite-fille.

Alors, Ruby prend une décision : si sa grand-maman ne peut pas venir la voir, c'est elle qui lui rendra visite!

Sur du papier rouge, elle trace son plus beau dessin : sa famille attablée devant des plats de nouilles, de dumplings, de poisson, de légumes et de sucreries festives. Elle veut offrir ce dessin à sa grand-maman. Elle le plie et le met dans une enveloppe rouge qu'elle glisse dans sa poche.

AVEC AMOUR,
RUBY

PUIS ELLE SE MET
EN ROUTE!

Sur le sentier, Ruby aperçoit Chat et Rat.

— Bonjour, Chat et Rat. Je porte un cadeau du Nouvel An à ma grand-maman. Aimeriez-vous m'accompagner?

— Oui, bien sûr, dit Chat. Mais comment allons-nous traverser la prairie et l'étang?

— Demandons à Bœuf, dit Rat. Il est très robuste et on peut compter sur lui.

Ruby, Chat et Rat poursuivent
ensemble leur chemin.

Bœuf se rend chez le fermier. Il porte sur son dos des paniers remplis de galettes de riz et de bonbons, des friandises pour le Nouvel An.

— Bonjour, Bœuf, disent Chat et Rat. Nous portons un cadeau de Nouvel An à la grand-maman de Ruby. Aimerais-tu nous accompagner?

— J'en serais très heureux, répond Bœuf. Montez sur mon dos et nous ferons la route ensemble.

Ruby, Bœuf, Chat et Rat poursuivent ensemble leur chemin.

À peine ont-ils fait quelques pas que Tigre et Lapin surgissent des buissons en brandissant des serpentins.
— Bonjour, Tigre. Bonjour, Lapin, dit Bœuf. Nous portons un cadeau de Nouvel An à la grand-maman de Ruby. Aimeriez-vous nous accompagner?

— OH OUI! CELA SEMBLE AMUSANT!

répondent Tigre et Lapin à l'unisson.

Chat s'assoit sur le dos musclé de Tigre, tandis que Rat se perche entre les oreilles douces de Lapin.

Ruby, Tigre et Lapin, Bœuf, Chat et Rat poursuivent ensemble leur chemin.

Ils passent devant Dragon et Serpent,
qui fabriquent des lanternes en papier.
   — Bonjour, les amis! Où allez-vous comme ça?
demande Serpent.
   — Nous portons un cadeau à la grand-maman
de Ruby, dit Tigre. Aimeriez-vous nous
accompagner?

— BIEN SÛR!
répond Serpent.

Il adore la
grand-maman de
Ruby et se réjouit
de lui rendre
visite.

— Nous apporterons les lanternes, ajoute Serpent.
— Veux-tu venir avec nous, Dragon? demande Lapin.
— Oh oui, répond Dragon, toujours prêt à partir à l'aventure.
Ruby, Dragon et Serpent, Tigre et Lapin, Bœuf, Chat et Rat poursuivent
ensemble leur chemin.

En route, ils rencontrent Cheval et Chèvre qui broutent dans la prairie.

— Bonjour, disent Dragon et Serpent. Nous portons un cadeau à la grand-maman de Ruby. Aimeriez-vous nous accompagner?

— Oui!

s'exclament Cheval et Chèvre en même temps.

Après avoir cueilli des fleurs dans la prairie, Ruby, Cheval et Chèvre, Dragon et Serpent, Tigre et Lapin, Bœuf, Chat et Rat poursuivent ensemble leur chemin.

Peu après, Ruby, Cheval et Chèvre, Dragon et Serpent, Tigre et Lapin, Bœuf, Chat et Rat arrivent à l'étang. Ils y rencontrent Singe et Coq, qui attrapent des poissons pour le festin du Nouvel An.

À travers la végétation, Ruby entrevoit la

MAISON DE SA GRAND-MAMAN!

Ruby PREND SON ÉLAN et PLONGE dans L'ÉTANG.

La maison de sa grand-maman est si proche! Autant nager jusque-là.

Quand Ruby parvient à l'autre rive de l'étang,
Singe et Coq, Cheval et Chèvre, Dragon et Serpent,
Tigre et Lapin, Bœuf, Chat et Rat l'attendent avec
la carte pour sa grand-maman.
— Oh non! s'écrie Ruby! La carte est abîmée!
Tout est fichu!

— Tout n'est pas fichu! claironne Coq.

— Nous avons du POISSON, ajoute Singe.
— Et des FLEURS, renchérissent Cheval et Chèvre.

— Nous avons aussi des LANTERNES, disent Dragon et Serpent.

— Et des SERPENTINS! s'exclament Tigre et Lapin.

— Nous avons des GALETTES DE RIZ et des SUCRERIES, dit Bœuf.

— Et nous sommes en FAMILLE,

concluent Chat et Rat
en désignant la maison.

Ruby, Singe et Coq, Cheval et Chèvre, Dragon et Serpent, Tigre et Lapin, Bœuf, Chat et Rat se retournent pour regarder la maison. Ils voient Chien et Cochon arriver en courant. Ces derniers couvrent Ruby de baisers et la chatouillent jusqu'à ce qu'elle pousse des cris joyeux.
La porte de la maison s'ouvre et...

la grand-maman de Ruby apparaît sur le seuil.

— RUBY!
QUELLE MERVEILLEUSE SURPRISE!

s'exclame-t-elle.

— Je t'ai apporté un cadeau pour le Nouvel An,
dit Ruby, mais il est tout mouillé... et abîmé!
— Ne t'en fais pas, dit sa grand-maman. Il va
sécher. Ta visite est le plus beau cadeau au monde.

Ensemble, Chien et Cochon, Singe et Coq, Cheval et Chèvre, Dragon et Serpent, Tigre et Lapin, Bœuf, Rat, Ruby et sa grand-maman mettent la table. Ils sont tous prêts à célébrer le Nouvel An chinois...

Tous sauf Chat, qui DORT PROFONDÉMENT.

La légende du zodiaque chinois

Un jour, l'Empereur de Jade, qui gouvernait tous les dieux de la mythologie chinoise, organisa une grande course se terminant par la traversée d'une large rivière dangereuse. Les douze animaux qui gagneraient cette course auraient leur place dans le calendrier du zodiaque chinois. Chat et Rat, qui étaient alors très bons amis, prévoyaient traverser ensemble la rivière sur le dos de Bœuf. Mais alors que Bœuf avançait lentement dans l'eau profonde, Rat bondit soudainement en avant et fit tomber Chat dans la rivière. Comme c'était trop dangereux pour que Bœuf fasse demi-tour, Chat resta loin derrière. Quand Bœuf fut proche de la ligne d'arrivée, Rat sauta vite de son dos et se classa premier. Bœuf arriva en deuxième position, suivi de Tigre, de Lapin, de Dragon, de Serpent, de Cheval, de Chèvre, de Singe, de Coq, de Chien et de Cochon. Ils occupèrent les places restantes du calendrier du zodiaque chinois.

Le pauvre Chat finit bon dernier et n'obtint pas de place dans le zodiaque. Cela explique pourquoi, aujourd'hui encore, les chats détestent l'eau et les rats.

RAT

2008, 1996, 1984, 1972, 1960

Vif, curieux, il adore manger et se coucher tard. Il est doué pour l'écriture.

BŒUF

2009, 1997, 1985, 1973, 1961

Travailleur, solide, digne de confiance, il adore manger... surtout des collations!

TIGRE

2010, 1998, 1986, 1974, 1962

Courageux, déterminé, c'est un penseur créatif qui aime la liberté.

LAPIN

2011, 1999, 1987, 1975, 1963

Amical, d'humeur égale, il est calme et paisible.

DRAGON

2012, 2000, 1988, 1976, 1964

Indépendant, il accorde beaucoup d'importance à l'égalité, adore l'aventure et aime être le chef.

SERPENT

2013, 2001, 1989, 1977, 1965

Charmant, sensible, sociable, c'est un organisateur minutieux.

CHEVAL

2014, 2002, 1990, 1978, 1966

Insouciant, il aime voyager et s'amuser. Il résout facilement les problèmes.

CHÈVRE

2015, 2003, 1991, 1979, 1967

Artiste, calme, gentil, il sait écouter les autres.

SINGE

2016, 2004, 1992, 1980, 1968

[ou]verte, divertissant, [g]énéreux, il est [hab]ile de ses mains.

COQ

2017, 2005, 1993, 1981, 1969

Plein d'esprit, bon planificateur, il fait preuve de jugement et adore les couleurs et les motifs.

CHIEN

2018, 2006, 1994, 1982, 1970

Honnête, idéaliste, il est loyal et responsable.

COCHON

2019, 2007, 1995, 1983, 1971

Optimiste, attentionné, confiant, la famille compte beaucoup pour lui et il sait faire des compromis.

CÉLÈBRE LE NOUVEL AN CHINOIS!

FABRIQUE UNE LANTERNE EN PAPIER

Les lanternes rouges traditionnelles font partie du décor des célébrations du Nouvel An chinois.

MATÉRIEL NÉCESSAIRE :

- Papier de bricolage rouge
- Papier de bricolage doré
- Crayon
- Règle
- Ciseaux
- Colle

ÉTAPE 1 : Plie un morceau de papier rouge en deux. Avec le crayon, trace des lignes perpendiculaires au bord plié en les espaçant d'environ 2,5 cm.

ÉTAPE 2 : À l'aide des ciseaux, découpe ces lignes en t'arrêtant à 2,5 cm du bord (ces bandes seront les fentes de la lanterne).

ÉTAPE 3 : Forme un long tube avec le papier doré. Colle les bords pour le fermer. Le doré imitera la lumière à l'intérieur de la lanterne.

ÉTAPE 4 : Déplie le papier rouge et enroule-le autour du tube doré. Aligne un bord avec le bas du tube doré et colle le papier rouge et le papier doré ensemble.

ÉTAPE 5 : Colle l'autre bord du papier rouge à la hauteur souhaitée. Coupe le bout de papier doré qui dépasse de la lanterne rouge.

ÉTAPE 6 : Pour créer une poignée, colle une bande de papier doré en haut de la lanterne.

FABRIQUE UN ÉVENTAIL EN PAPIER

En Chine, on utilise des éventails depuis des siècles.
Ils font aussi de belles décorations pour le Nouvel An chinois.

Matériel nécessaire :

- Ciseaux
- Papier de bricolage rouge
- Papier de bricolage doré
- Colle
- Ruban doré

ÉTAPE 1 :   Découpe deux longues bandes de papier doré en forme de zigzag ou d'un autre motif. Colle les bandes dorées le long d'une feuille de papier rouge, parallèles l'une à l'autre.

ÉTAPE 2 :   Replie plusieurs fois le papier comme pour faire un accordéon.

ÉTAPE 3 :   En tenant les plis aplatis, plie l'éventail en deux. Colle ensemble les deux bords du centre

ÉTAPE 4 :   En bas, au milieu, perce un petit trou avec les ciseaux.

ÉTAPE 5 :   Passe un morceau de ruban doré à travers le trou et attache-le pour former une petite boucle. Cette boucle peut être décorative ou elle peut servir à accrocher l'éventail.

FABRIQUE DES BANNIÈRES PORTE-BONHEUR

Le Nouvel An, également appelé Fête du printemps, est la fête la plus longue et la plus importante en Chine. Cette célébration correspond à la deuxième nouvelle lune après le solstice d'hiver, ce qui se produit généralement entre la fin janvier et la mi-février. Une tradition chinoise de longue date consiste à accrocher des bannières rouges et des affiches avec des messages porte-bonheur pour le Nouvel An chinois.

MATÉRIEL NÉCESSAIRE :

- Papier de bricolage rouge
- Papier de bricolage doré
- Ciseaux
- Colle
- Ruban rouge ou doré
- Marqueurs noirs ou dorés

ÉTAPE 1 : Découpe un grand carré dans le papier doré. Découpe un carré légèrement plus petit dans le papier rouge. Colle le carré rouge au milieu du carré doré.

ÉTAPE 2 : Perce un petit trou dans l'un des coins. Passe un morceau de ruban à travers le trou. Fais une boucle ou un nœud.

ÉTAPE 3 : Écris un message chanceux sur ta bannière. Essaie de reproduire le symbole chinois ci-dessus, qui signifie « printemps ».